Martina tiene

MUCHAS TÍAS

Para mi tía Emmy,
alias Ms. Trapito, Mrs. Wishy-Washy y Emmy Car,
siempre el alma de la fiesta.
—E. O.

Para mi sobrino y mi sobrina, Pablo y Marisa.
—S. P.

Un sello editorial de Simon & Schuster Children's Publishing Division
1230 Avenida de las Américas, Nueva York, NY 10020
© del texto: 2023, Emma Otheguy
© de la ilustración: 2023, Sara Palacios
© de la traducción: 2023, Simon & Schuster, Inc.
Diseño del libro: Sonia Chaghatzbanian
Traducción de Emily Carrero Mustelier
Para información sobre descuentos especiales para compras al por mayor, por favor póngase en contacto con
Simon & Schuster, Ventas Especiales: 1-866-506-1949 o business@simonandschuster.com.
El Simon & Schuster Speakers Bureau puede llevar a autores a su evento en vivo. Para obtener más información
o para reservar a un autor, póngase en contacto con Simon & Schuster Speakers Bureau: 1-866-248-3049; o
visite nuestra página web: www.simonspeakers.com.
El texto de este libro usa la fuente Banda Regular.
Las ilustraciones de este libro fueron creadas digitalmente.
Manufacturado en China
0123 SCP
Primera edición en rústica en español junio 2023
También disponible en una edición de tapa dura de Atheneum Books for Young Readers
2 4 6 8 10 9 7 5 3 1
Library of Congress Cataloging-in-Publication Data
Names: Otheguy, Emma, author. | Palacios, Sara, illustrator.
Title: Martina has too many tías / Emma Otheguy ; illustrated by Sara Palacios.
Description: First edition. | New York : Atheneum Books for Young Readers, [2023] | Audience: Ages 4 to 8. |
Summary: A retelling of the Caribbean folktale La cucaracha Martina where Martina, in an effort to escape her
noisy tías, slips away to a warm familiar island where she can play in peace and quiet—but is she home at last?
Identifiers: LCCN 2022009777 | ISBN 9781534445840 (hardcover) | ISBN 9781665907248 (pbk) | ISBN
9781534445864 (ebook)
Subjects: CYAC: Imagination—Fiction. | Quietude—Fiction. | Hispanic Americans—Fiction. | LCGFT: Folk tales.
Classification: LCC PZ7.1.O87 Mar 2023 | DDC [E]—dc23
LC record available at https://lccn.loc.gov/2022009777

Martina tiene
MUCHAS TÍAS

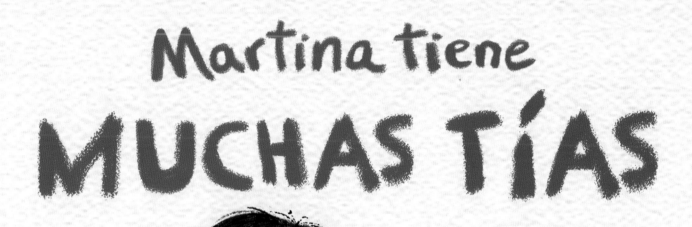

Emma Otheguy

Ilustrado por **Sara Palacios**

Traducción de **Emily Carrero Mustelier**

Atheneum Books for Young Readers
Nueva York   Londres   Toronto   Sídney   Nueva Delhi

Martina sufría
por tener demasiadas tías.

Ahí tienes a
tía Susana,
la guarachera y
bailadora de salsa,

a **tía Leonor,**
la que se ponía ropa
muy llamativa

y a **tía Alberta,**
la de la risa escandalosa.

Las tres le provocaban a Martina un dolor de cabeza insoportable.

Cuando mami dijo:
—¡Vienen tus tías! —Martina se quejó.

Ahora tendría que pulir el piso,
cuando lo que quería era sentarse
y contarse a sí misma una historia
de castillos, hadas, coronas plateadas
y la cálida isla
que Martina extrañaba.

Pero Martina quitó la alfombra,
sacó su escoba
y empezó a barrer.

Mientras barría el polvo hacia el recogedor, se encontró una moneda, dura y de metal.

Martina la limpió con el borde de su blusa y la moneda brilló:

oro.

Martina la guardó en su bolsillo.

Cuando empezó la fiesta,

la tía Susana puso la música
a todo volumen,

la tía Leonor envolvió
a Martina en una
capa de lentejuelas

y la tía Alberta no paró
de reirse con sus sonoras
carcajadas cada vez que
Martina hablaba.

Al rato, vecinos, primos,
un viajero errante y un
señor con un banjo
se unieron al jolgorio,
y nadie notó a Martina
que aprovechó y se escapó...

... a la bodega de la esquina,
donde revisó cada estante,
buscando qué comprar
con una única monedita de oro.

Un cubo con narcisos
amarillos como el sol de una isla
le llamó la atención a Martina.
Compró uno solito,
y con él adornó su cabello.

Mientras deambulaba de regreso al apartamento,
se contó a sí misma un cuentecito
sobre un hada silenciosa
y un charquito mágico de rayos de sol.

Se concentró en contarse su cuento
mientras evitaba el bailoteo
rumbo a la cocina,
donde olió el aroma dulzón
de la guayaba.

Aunque mami siempre le decía, «¡Cuidado!»,
Martina acercó una banqueta a la cazuela
para aspirar mejor la esencia de la guayaba, y
¡*pum*!
¡se cayó a dentro de la cazuela!

«¡Ay, no!», pensó Martina.
Pero el vapor la arrastró
por las olas burbujeantes
de un mar que se parecía
al de la cálida isla que Martina tanto amaba.

Un pato se acercó con su andar de pato y le dijo:

—¡Qué flor tan bonita tienes en el pelo! ¿Quieres ir a explorar conmigo?

—Si la exploración es en *silencio*. A ver, dime, ¿qué sonido haces cuando andas por ahí perdido por nuevas tierras?

—¡Ay, no! —gritó Martina—. ¡Me darías dolor de cabeza!

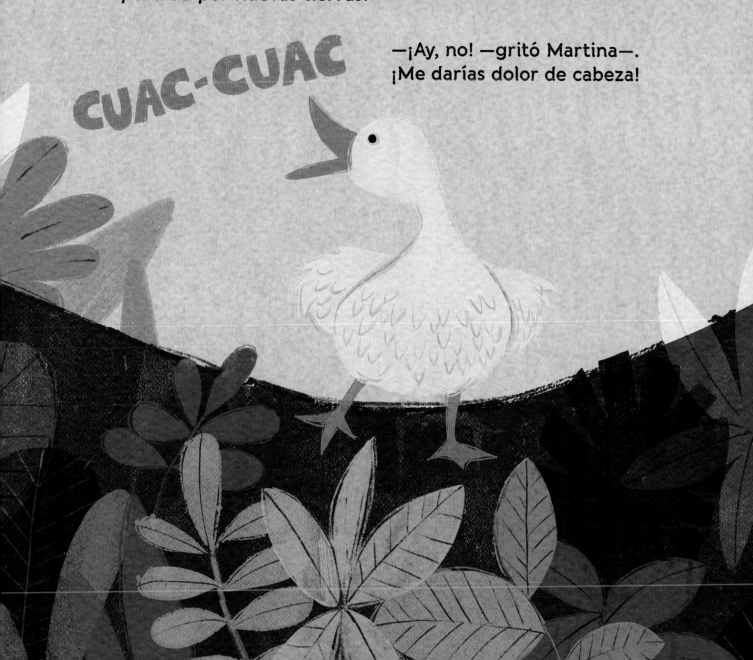

CUAC-CUAC

Luego una ranita llegó de un brinco y le
preguntó:
—¿Y si nadamos un ratico? Tu flor
amarilla iluminaría el mar.

—Si nadamos en *silencio*. A ver, dime,
¿qué sonido haces cuando te sumerges
en las profundidades del mar?

CROÁ-CROÁ

—¡Ay, no! —gritó Martina—. ¡Eso es demasiado ruidoso!

Martina casi no vio a un ratoncito
que se escurrió cerca de ella muy silenciosamente.

Ella lo miró
mientras él observaba el cielo sentado
sobre sus paticas.

—Ratoncito —preguntó Martina—. Y tú, ¿qué haces aquí?
—¡Estoy jugando! —chilló él.

—Dime —preguntó Martina—,
¿qué sonido haces cuando juegas?

—No necesito hacer ruido para jugar —dijo el
ratoncito—. Con mi imaginación me basta y
me sobra.

—En ese caso —dijo Martina—, voy a ir a jugar
contigo.

Martina y el ratoncito
hicieron coronas con hojas de yagrumas plateadas

y acariciaron las maticas dormilonas
para que se enroscaran y
crearan un refugio para las hadas.

Cuando se cansaron,
se sentaron a la orilla del mar.

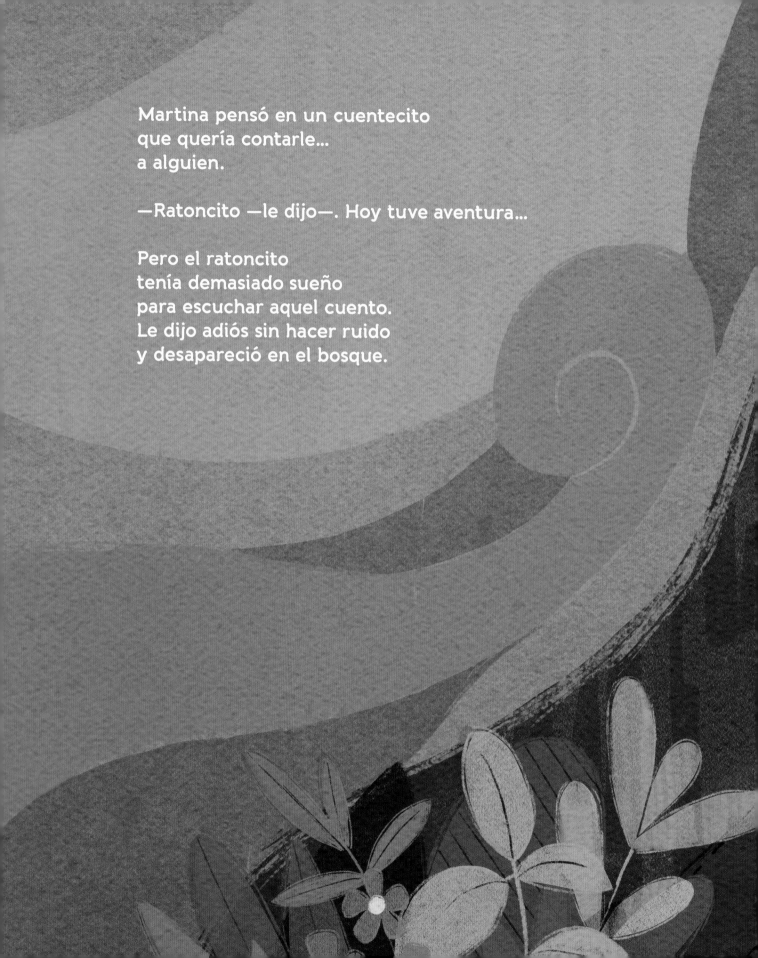

Martina pensó en un cuentecito
que quería contarle...
a alguien.

—Ratoncito —le dijo—. Hoy tuve aventura...

Pero el ratoncito
tenía demasiado sueño
para escuchar aquel cuento.
Le dijo adiós sin hacer ruido
y desapareció en el bosque.

Llegó la noche y
Martina estaba muy,
muy...
pero muy sola.

El pato, la ranita y su amigo el ratoncito
se habían ido a dormir,
y Martina se quedó allí solita,
sentada en la orilla de aquella isla cálida
que ya no era su hogar.

Entonces, sobre el aire salitre
le llegó el aroma tenue
de guayaba.
Y algo más...
por encima del vaivén de las olas
Martina escuchó
el ritmo de la salsa
y risas escandalosas.

Martina se sintió tan feliz
que quiso cruzar el mar de un
brinco.

—Adiós —dijo,
aunque no quedaba nadie que la escuchara,
y se lanzó a las olas.

Se hundió hasta llegar a su propio apartamento, bronceadita y seca.

—¡Ahí estás! —gritó la tía Susana,
que entró bailando a la cocina para probar la guayaba.

—¡Me encanta esa flor amarilla! —gritó la tía Leonor—.
¿De dónde tú sacaste eso, niña?

—Bueno —les dijo Martina—. Déjenme
contarles el cuento.

Y cuando terminó,
la tía Alberta soltó una risotada
tan escandalosa como siempre,
y a Martina no le molestó...
ni un poquito.

Nota de la autora

Cuando mi mamá cuenta el cuento folclórico caribeño «La cucarachita Martina», incluso el niño más bullicioso se calla. Pero, por lo general, el *silencio* no es algo que mi familia busque. Al contrario, somos de gentío y alboroto, sobre todo mi mamá, cuyas carcajadas seguramente se pueden escuchar de un extremo al otro en un campo de fútbol.

Desafortunadamente, los ruidos tienden a darme dolores de cabeza, y la verdad es que siempre he preferido pensar, leer e imaginarme historias complejas. Esto me molestaba porque no encajaba con el estereotipo dominante de la cultura latina: ¿Por qué no era una bailadora empedernida de salsa? Y ¿cómo podría encajar, sin dejar de ser yo, en mi familia y en mi cultura?

Esas preguntas despertaron mi curiosidad por «La cucarachita Martina», y en especial por saber por qué Martina buscaba un animalito que fuera *silencioso* por la noche. Supuse que la familia de Martina sería como la mía, y ella, definitivamente, necesitaba un descanso.

Pero al ir creciendo y alejándome de mi familia, me fui dando cuenta de que la cucarachita Martina no era la primera ni la última latina que prefiere el silencio en vez de la bulla, y que en una familia hay suficiente espacio y consideración para acomodar a todas y cada una de las personalidades que conforman nuestra cultura. Y cuando estuve lista para contar mis historias, supe que siempre iba a tener a alguien dispuesto a escucharlas y a reírse conmigo a carcajadas.